# LE FANTÔME DU PETIT MARCEL
# À LA RECHERCHE DU TITRE PERDU

ÉLYANE DEZON-JONES

# LE FANTÔME DU PETIT MARCEL

## À LA RECHERCHE DU TITRE PERDU

Dessins de
Stéphane Heuet

VIVIANE HAMY

ISBN 978-2-87858-589-6

*Pour Noah, Nina, Léo, Ana Mai, Blanche,*
*et tous les petits enfants qui deviendront*
*ou sont devenus grands.*

# VACANCES DE PRINTEMPS

# I

*Shhh... Shhh... Shhh...*

– Tu entends, Clarisse ? dit Alix, réveillée en sursaut au milieu de la nuit.

Mais Clarisse est douillettement endormie dans la tour d'une vieille maison d'Illiers-Combray après une longue journée de jeux au Pré Catelan.

*Shhh... Shhh...*

Alix remonte les couvertures, s'enfouit la tête sous l'oreiller, mais le drôle de bruit continue.

Ça m'embête, songe Alix... Je me demande...

Se souvenant de l'histoire « Cœur-de-Lion, cœur-de-lièvre » que Tante Élisabeth leur avait racontée la veille, elle décide d'être courageuse.

Cœur-de-Lion, pense-t-elle, Cœur-de-Lion... regarderait.

Se levant avec précaution, elle se dirige vers un petit cabinet sentant l'iris d'où émanent les *shhh... shhh...* et, tout en se répétant « Même pas peur... même pas peur », ouvre la porte toute grande.

Elle découvre, assis dans un coin, un livre d'images ouvert sur les genoux, un petit garçon vêtu à l'ancienne qui semble avoir du mal à respirer.

– Qu'est-ce que tu fais là ? demande-t-elle, un peu surprise.

– Je cherche des mots… répond-il d'une drôle de voix. En fait, je suis à la recherche d'un titre pour mon livre.

– Tu en fais du bruit !

– Je sais, je sais… J'ai une maladie… *Shhh… shhh…*

– De l'asthme, diagnostique-t-elle, péremptoire. Le frère de Clarisse en a aussi. Je vais la réveiller.

– Attends, attends…

– Elle pourrait te dire quel médicament lui donne le docteur Percepied.

Et comme ça on pourrait dormir tranquille, ajoute-t-elle intérieurement, trop polie pour exprimer cette pensée à haute voix.

Elle le voit hésiter avant d'être saisi d'une quinte de toux.

– Comment tu t'appelles ?

– Marcel, dit-il.

– Moi, c'est Alix. Tu veux de l'eau ?

– Non, non, proteste-t-il. Ce n'est pas la peine… Ça va passer. J'ai l'habitude. En principe je demeure chez ma tante Léonie, mais… mais je viens ici de temps en temps.

Il soupire.

– J'ai bien essayé de m'installer dans le grenier d'une maison rose au bord du Loir, parce que j'aime regarder les nénuphars, mais c'est trop humide.

– Je la connais ! s'écrie Alix. C'est la maison de notre grand-père.

– C'est possible…

– Même que de la fenêtre du haut on voit le clocher de l'église, mais il faut se pencher et on nous l'interdit.

– Ma grand-mère disait que s'il jouait du piano, il ne jouerait pas sec, ce clocher, dit le petit garçon d'un ton rêveur.

Alix éclate de rire.

– Un clocher qui joue du piano, ça c'est drôle !

De son lit, Clarisse fit entendre un léger ronflement de protestation.

– Il est temps que je parte, dit l'étrange petit garçon.

Il ferma son livre à couverture rouge, s'enveloppa dans une pelisse et disparut comme par enchantement alors qu'Alix balbutiait :

– Mais tu reviendras ? Je pourrais t'aider à trouver un titre...

Seul un *shhh*... de plus en plus faible lui répondit.

Dépitée, elle retourna se coucher et se promit de tout raconter à Tante Élisabeth au petit déjeuner.

Mais le lendemain matin Clarisse fit semblant de ne pas la croire et Tante Élisabeth lui assura qu'elle avait rêvé.

– Vous voulez des madeleines ? des brioches ? demanda-t-elle, souriante, en remplissant les bols des petites filles d'un onctueux chocolat chaud.

– Je préfère du pain grillé, se rebiffa Alix, vexée.

– Et moi une biscotte alors, renchérit Clarisse qui ne voulait pas être en reste d'originalité.

– Si votre cousin Valentin était là, il mangerait toutes les madeleines, lui ! plaisanta Tante Élisabeth.

## II

Ayant décidé de rester éveillée la nuit suivante, Clarisse avala en cachette une grande tasse de café car elle avait entendu dire par sa grand-mère qu'un certain Balzac pouvait rester des heures et des heures sans dormir grâce à ce breuvage magique.

Ah ah ! nous allons bien voir, se dit-elle en se glissant dans le lit jumeau de celui d'Alix, tout en se jurant de garder les yeux ouverts.

Mais hélas, cette nuit-là, le petit Marcel ne fut pas au rendez-vous et Clarisse commença à douter de son existence.

Une semaine plus tard, une chose bizarre se produisit en fin de journée. La sonnette de la porte d'entrée égrena plusieurs fois son carillon aigrelet sans que nul puisse savoir qui l'avait tirée. Tante Élisabeth, qui n'entendit pas les *shhh… shhh…* qui l'accompagnaient, supposa que des garnements du village s'amusaient à ses dépens. Mais Clarisse, qui avait l'ouïe fine, échangea avec Alix un regard entendu.

Les vacances touchaient à leur fin et les petites filles se préparaient à rentrer à Paris, quand, la nuit avant leur départ, Clarisse fut à son tour réveillée par un bruit de papier froissé. Sans déranger Alix, qui dormait à poings fermés, elle se dirigea vers le petit cabinet, ouvrit la porte et vit un petit garçon accroupi au milieu de cahiers et de paperoles qui en dépassaient. Il avait devant lui un encrier et sur les doigts des taches d'encre violette.

– C'est toi Marcel ?

Il hocha la tête.

– Qu'est-ce que tu fais ? s'enquit-elle.

– J'essaie d'écrire… *shhh… shhh…* J'ai perdu un livre mais j'ai un titre provisoire : *Visite du passé.*

Il gribouilla quelques mots sur une feuille volante.

– Tu écris avec une plume ? s'étonna-t-elle. Tu n'as pas d'ordinateur ?

Il leva vers elle un regard interrogateur.

– Un quoi ?

– Un ordinateur… Tu sais bien, s'impatienta-t-elle, une machine où tu tapes les lettres et ça écrit tout sur l'écran.

Il secoua la tête de droite à gauche.

– Et même ça corrige les fautes. Je peux te prêter le mien si tu veux. Il est rose, insista-t-elle.

– J'adore le rose. Mais est-ce que ça garde les brouillons ? demanda-t-il, méfiant.

– Les brouillons ? Pas la peine puisque tu retapes et hop ! tu ne fais pas de ratures, précisa-t-elle, en glissant un regard désapprobateur sur des pages couvertes de gribouillis, de flèches, de croix et autres signes pratiquement illisibles.

– Pas pour moi, soupira-t-il.

– Tu l'avais emprunté à la bibliothèque, le livre que tu as perdu ? C'est arrivé au frère d'Alix. Il a fallu payer une amende. Ses parents étaient très fâchés.

Le petit Marcel sourit.

– Ce n'est pas exactement le cas, mais mes parents aussi étaient fâchés.

– Enfin, nous, c’est parce que Noah ne l’avait pas dit tout de suite alors le temps a passé et son papa l’a puni.

– Il faut toujours dire la vérité, Clarisse.

– Je dirai à Alix que je t’ai vu, alors ?

À ce moment précis, une petite fille en robe blanche, un cerceau à la main, parut se détacher du mur, soudain transformé en haie d’aubépines et de lilas en fleurs.

– Gilberte ? s’exclama le petit Marcel d’un ton alarmé. Que fais-tu là ?

En guise de réponse, elle lui fit un pied de nez et se tourna vers Clarisse, interdite.

– Tu veux tes yeux de quelle couleur ? se hâta-t-il de lui demander. Bleus ou noirs ?

Et il trempa aussitôt sa plume dans son encrier.

– Un bleu, un noir, se moqua la petite fille avant de disparaître dans un grand éclat de rire.

– C'est ton amie ? interrogea Clarisse pendant qu'il notait quelques mots sur un carnet. Elle n'est pas très gentille.

– Ça dépend. Je connais ses parents, répondit-il.

Et aussitôt se profila sur la paroi du mur la silhouette d'une élégante jeune femme en robe rose qui jouait avec son collier de perles tout en mangeant une mandarine.

– Ça alors ! laissa échapper Clarisse éberluée, comment…

Mais le petit Marcel l'interrompit d'un geste et rassembla ses papiers tandis que la dame en rose se tournait vers un homme roux en chapeau haut de forme qui avait fait son entrée, sans bruit, dans le petit cabinet. Il lui tendit un bouquet de fleurs mauves tandis que retentissaient les notes d'un début de sonate.

– C'est Monsieur Swann, expliqua le petit garçon. Il est temps d'aller me coucher. Je te reverrai cet été avec ton amie, sur la digue à Cabourg, lui promit-il tout en se levant. Ou même avant…

– Pense à mon ordinateur, ça irait plus vite, lui rappela-t-elle.

– J'ai tout le temps du monde, dit-il sur un ton mystérieux. Peut-être que ça va s'appeler *Reflets dans la patine.*

Et il disparut ainsi que les autres personnages.

Le jour suivant, Clarisse raconta son étrange aventure à la table du petit déjeuner, dressée dans le jardin à l'ombre d'une glycine, près d'un parterre d'iris. Tante Élisabeth n'en crut pas un mot et Alix, un peu jalouse de ne pas en avoir été, fit mine de ne pas comprendre.

Après avoir boudé quelque temps, Clarisse rejoignit sa complice qui lisait une bande dessinée de *François le Champi* dans une guérite en osier.

– Écoute, lui dit-elle, la prochaine fois, si tu dors je te réveille, si je dors tu me réveilles…

– Mais on s'en va bientôt, fit remarquer Alix.

– Oui, mais il a dit qu'il viendrait à Cabourg, sur la digue.

– Ça alors ! s'exclama Alix. Comment il sait qu'on y va tous les ans avec nos grands-mères ?

– Je te parie que c'est un fantôme passe-muraille, subodora Clarisse qui venait juste d'apprendre ce mot dans un livre illustré.

# III

Alix et Clarisse devaient revoir l'étrange visiteur du soir une fois encore la veille de leur départ pour Paris. Elles furent réveillées en douceur par une lumière iridescente qui leur chatouilla exquisément les paupières.

*Shhh… shhh…*

D'un même mouvement elles sautèrent de leurs lits et se dirigèrent vers la source de la lumière.

– Une lanterne magique ! s'émerveilla Alix.

– Ma grand-mère en a une ! renchérit Clarisse, mais elle est cassée.

– La mienne marche très bien, vous allez voir, affirma le petit Marcel. Où voulez-vous aller ?

– Jouer aux Champs-Élysées, suggéra Alix, qui adorait y défier son frère aux billes, et gagner.

– Non, non, à l'Opéra, vocalisa Clarisse.

Et aussitôt apparurent dans une loge rouge et or plusieurs grandes dames étincelantes, souriant des yeux, chuchotant derrière leur éventail et laissant tomber sur la salle en dessous d'elles leurs regards supérieurs.

– Des princesses ! s'exclama Alix.

– Une duchesse, rectifia le petit Marcel, en montrant du doigt une femme qui ressemblait à un oiseau de paradis, resplendissante dans un fourreau de velours noir incrusté de perles et de plumes. La duchesse de Guermantes.

– Mais elle porte une robe de princesse ! insista Alix qui s'y connaissait en matière de mode dans les contes de fées.

– Il va falloir que je corrige, murmura-t-il comme pour lui-même, tout en projetant sur le mur l'image d'une cantatrice levant vers le ciel des bras chargés de lys.

– Et ça s'appelle comment, ton opéra ? s'enquit Clarisse, toujours curieuse.

– *Les Sept Princesses*, répondit-il, mais je me demande…

– Moi, j'ai lu *La Duchesse en pantoufles*, persista Alix. Et je te dis que ce n'est pas une robe de duchesse mais de princesse.

– En plus, regarde, elle a des chaussures rouges, avec une robe noire, fit remarquer Clarisse. C'est pas possible. Nous, quand on habille nos poupées on ne met jamais de rouge avec du noir !

Le petit Marcel les regarda avec consternation et laissa échapper :

– Zut ! zut ! zut !

Et il éteignit sa lanterne magique en déclarant :

– Il faut que j'aille travailler.

– Mais on te revoit à Cabourg, d'accord ? dit Clarisse, craignant de l'avoir vexé.

– Sans doute, murmura-t-il, si j'ai fini... À propos, vous allez, parfois, dans le donjon de Roussainville ?

– Non, tu sais bien qu'on ne peut plus, répliqua Alix.

– Tante Élisabeth dit que c'est défiguré, à cause des travaux, ajouta Clarisse. Mais on va quand même jouer au Pré Catelan.

– On a essayé d'entrer dans le petit pavillon, tu penses bien, mais il est fermé, regretta Alix.

– C'est dommage…

– C'est la vie, cita Clarisse, philosophe.

– La vie, reprit-il, la vraie vie, la seule vie par conséquent…

Et son corps sembla se désagréger sous les yeux des deux petites filles stupéfaites, ne laissant sur le sol qu'un peu de poussière qui sentait la poudre de riz. Quelques notes se firent entendre et cessèrent brusquement.

– Tu reconnais la musique, Clarisse ? chuchota Alix.

– Évidemment, c'est ce que ta grand-mère joue tout le temps au piano.

# VACANCES D'ÉTÉ

# I

Au premier étage du Grand Hôtel de Cabourg, Alix et Clarisse commençaient à s'impatienter dans la chambre mitoyenne de celles de leurs grands-mères. Depuis leur arrivée, il y avait eu des promenades sur la digue, des déplacements en voiture pour aller voir des églises qui ne les intéressaient que modérément, des sorties à Honfleur, des goûters à la Ferme Saint-Siméon, des rencontres nouvelles mais nulle visite de leur étrange ami.

– Il nous a oubliées, soupira Clarisse. Ou alors il a trouvé d'autres petites filles.

– Mais non, protesta Alix. Il a promis. Il viendra. Tu sais, ajouta-t-elle, songeuse, quand on est allées voir ce peintre à Trouville…

– L'ami de ta grand-mère ? Celui qui peint des choses qui n'existent pas ?

– Oui… Eh, bien ! j'ai cru le voir passer.

– Et moi, j'ai cru le reconnaître au milieu d'une bande de filles qui faisaient du vélo. C'est pour ça que je te disais qu'il nous avait oubliées. Il en préfère d'autres, des plus grandes.

Un pli de déplaisir se glissa entre ses délicats sourcils.

– Tu es jalouse ? se moqua Alix.

– Non, mais je trouve qu'il exagère…

– Alors on ne lui parlera plus, voilà… s'il revient. Enfin, au début…

– D'accord. S'il revient… murmura Clarisse, au bord des larmes.

– Il reviendra, ne t'inquiète pas, affirma Alix. D'abord, il a besoin de nous pour trouver le titre de son livre.

## II

Ce fut par une nuit de tempête que le petit Marcel se manifesta à nouveau. Alix et Clarisse ne l'entendirent pas frapper contre la vitre de leur fenêtre donnant sur la mer démontée jusqu'à ce qu'un coup de vent plus fort que les précédents ne l'ouvre avec violence et fasse virevolter les épais rideaux rouges.

– Quel temps odieux ! se plaignit-il en s'ébrouant sur le plancher ciré sans le mouiller.

Il portait un costume de bain rayé et un canotier.

– Je ne peux pas remonter à ma chambre.

– Tu es à quel étage ? demanda Alix.

– Tout en haut, répondit-il.

– Oh ! là où se trouve un œil-de-bœuf ? demanda Clarisse qui avait scruté la façade de l'hôtel avec grande attention dans l'espoir d'apercevoir l'ombre de son ami.

– Oui, j'ai deux chambres. Je ne supporte pas le bruit, expliqua-t-il.

– Tu as grandi ! l'accusa Alix. Tu étais où ?

– À Paris, chez les Swann. J'y ai mangé trop de glaces et de gâteaux au chocolat, je suppose. Et je me suis ruiné en orchidées pour rien, ajouta-t-il à mi-voix, en faisant apparaître un petit livre de comptes noir dans sa main droite. Ah ! et puis je suis allé au théâtre… et au jardin d'Acclimatation, leur confia-t-il entre deux additions.

– Tu en as de la chance ! s'exclama Clarisse. Ici on va à la plage et on fait des excursions avec nos grands-mères, c'est tout.

– Vous connaissez bien Balbec, alors ?

Les deux petites filles se regardèrent d'un air dubitatif.

– Non… assurèrent-elles de concert.

– Et le port de Carquethuit ? Vous ne connaissez pas le port de Carquethuit ?

– Non, reprirent en chœur Alix et Clarisse, désolées de le décevoir. On connaît Dives, Trouville…

– Rien n'est plus beau que le port de Carquethuit, affirma-t-il. Regardez…

Et tout à coup fut projeté sur les rideaux tirés un tableau ondulant et magique où ne se distinguait pas la frontière entre la terre et l'océan, mais où l'on voyait clairement une bande de promeneurs sortir en riant d'une barque par une belle matinée d'après orage.

– C'est vrai que c'est magnifique, concéda Clarisse. Et ces gens ?
– Des amis, répondit vaguement le petit garçon.
– Ils s'appellent comment, tes amis ? voulut savoir Clarisse.
– J'en ai plusieurs…
– Ton préféré alors ?
– Robert. Il s'appelle Robert.

La photo d'un rayonnant jeune homme blond apparut brièvement entre les plis du rideau. Elle fut suivie d'une série de portraits qui défilèrent à toute allure pendant que le petit Marcel annonçait leurs noms respectifs : « Maria, Sonia, Andrée, Gisèle… » Il buta sur celui d'une belle pêcheuse et termina par une certaine Albertine.

– Il faut que j'y aille, murmura-t-il en rougissant.

– Attends une minute… supplia Alix. On voulait te demander… Et ton titre ?

– Où vas-tu, d'abord ? la coupa Clarisse.

– À Venise, je crois, répondit-il. Avec maman.

Et il s'embarqua sur une gondole où l'attendait une femme en grand deuil, qui lui sourit tristement alors que l'embarcation s'engouffrait dans la jointure de deux pans de rideau brièvement transformés en voies navigables bordées par des palais anciens rosis par le soleil levant.

*O sole mio*… entendirent les fillettes avant que leur chambre ne soit replongée dans une obscurité totale et un silence indigné que rompit brusquement Clarisse :

– Puisque c'est comme ça, nous aussi on va y aller, à Venise.

– D'accord, opina Alix.

– À Pâques, l'année prochaine, précisa Clarisse.

– Avec nos grands-mères. On leur demande, demain matin.

Poussant un soupir d'aise, elles s'endormirent et firent des rêves idiots dont elles se souviendraient bien des années plus tard quand elles liraient *À l'ombre des jeunes filles en fleurs*.

## III

Trois nuits après, des *shhh... shhh...* de plus en plus forts les alertèrent.

Alix se dressa sur son lit et, se frottant les yeux, distingua dans la pénombre le petit Marcel assis sur un pouf.

Il croulait presque sous le poids de cahiers de diverses couleurs dont il consultait fiévreusement les pages, un porte-plume à la main, rayant des passages, écrivant dans les marges et marmonnant : « *Les Jours attardés*... Non, ce n'est pas encore ça... »

– Tu n'es pas en Italie ? s'étonna Alix, déconcertée.

– Le voyage a été reporté, répondit-il avec un soupçon d'amertume. J'ai pensé qu'on pourrait aller en train à la Raspelière ou en voiture au restaurant à Rivebelle.

– Il y aura des enfants ? s'enquit Clarisse, d'une voix ensommeillée.

– Des animaux ? demanda Alix, pleine d'espoir.

– Hum... je ne crois pas. À cause de mes allergies, se justifia-t-il. Mais la vue est superbe de la maison que les Verdurin ont louée aux Cambremer, vous verrez.

– Cambremer-Camembert ! s'esclaffa Clarisse.

– Verdurin-Verdurine, pouffa Alix. Mais on ne les connaît pas. C'est qui ?

– Oh ! un petit clan… Une petite bande…

– Et c'est où ?

Clarisse aimait l'exactitude géographique.

– Dans les hauteurs, entre Cabourg et Trouville… Il y aura un docteur… Le docteur… Comment s'appelle-t-il déjà ? se demanda-t-il à haute voix en tournant rapidement les feuillets d'un cahier bleu. Cottard ! s'exclama-t-il triomphalement. C'est bien lui… le docteur Cottard. Je le confonds toujours avec Dieulafoy.

– Mais on n'est pas malades, fit remarquer Alix.

– Ah ! et ne pas oublier, continuait le petit garçon sans paraître les entendre. Un professeur de la Sorbonne… Et puis le baron de Charlus et son pianiste, bien sûr… Et la princesse que j'ai prise pour une concierge… la princesse Sherbatoff.

Les petites filles tordirent le nez. Tous ces noms inconnus leur faisaient tourner la tête.

– Pas envie, déclara résolument Clarisse. Tu sais, nous, les conversations des grandes personnes…

Et elles firent ensemble le geste un peu vulgaire qui voulait dire « la barbe ».

– Tu n'as pas plutôt un jeu à nous proposer ? demanda Alix en bâillant.

Le petit Marcel sembla sortir de son état de transe.

– On peut faire une partie de furet, si vous voulez.

Et jusqu'à l'aube ils se passèrent la bague en chantant :

*Il court, il court, le furet*
*Le furet du bois, Mesdames,*
*Il court, il court, le furet,*
*Le furet du bois joli.*

Soudain, il demanda aux petites filles :

– *Devant quelques stalactites du passé*, ça vous plairait comme titre ?

– Euh… pas trop, dit spontanément Alix.

– C'est un peu trop compliqué, tu vois, expliqua Clarisse.

– Ou alors si c'est une histoire de spélo… spélé… intervint Alix, de grotte, quoi, acheva-t-elle.

– J'ai faim ! dit tout à coup Clarisse en s'étirant.

– Attends ! tu as de la chance, j'ai gardé quelque chose du goûter d'hier.

Et du fin fond du tiroir de sa table de nuit, Alix extirpa un petit gâteau doré en forme de coquille Saint-Jacques.

– Une madeleine ! s'écria le petit Marcel. Comme celle que me donnait ma tante Léonie après l'avoir trempée dans une tasse de thé ! Je me souviens… Je me souviens…

Et, les yeux fermés, il se mit à leur décrire en minutieux détails les fleurs du parc, les maisons, les rues, l'église, les bonnes gens d'Illiers-Combray.

Incantatoire, sa voix berçait les deux petites filles, muettes et ravies.

Au premier rayon de soleil sur le balcon, rompant le charme, il s'évapora dans la brise marine sans laisser la moindre trace.

# VACANCES D'HIVER

Le premier janvier suivant, le petit Valentin retenait ses larmes dans la chambre qu'avaient précédemment occupée Alix et Clarisse. Après avoir employé systématiquement toutes les ruses qu'il connaissait pour retarder l'heure de son coucher (redemandant du dessert, prétendant avoir soif, mal au ventre, se forçant à tousser, etc.) il avait bien fallu monter à contrecœur l'escalier détesté quand son père l'avait prié pour la troisième fois de « cesser sa comédie » et ordonné devant tout le monde d'arrêter ces « sensibleries ».

Enfilant de mauvaise grâce son pyjama, il n'avait pas accepté l'idée que sa mère ne puisse pas venir lui raconter une histoire et l'embrasser comme de coutume, à cause de la soirée entre voisins et amis qui la retenait en bas ce soir-là.

– C'est pas juste ! hurla-t-il, en donnant des coups de poing à son oreiller.

La perspective de rester dans le noir avec interdiction de faire quoi que ce soit sous prétexte qu'il était déjà tard alors qu'il avait été privé de son habituel réconfort – le baiser de sa mère – l'avait mis en fureur.

– C'est pas juste ! répétait Valentin en boucle, pour se persuader que son tapage éloignerait les monstres qu'il imaginait tapis sous le lit, dans le placard ou derrière la porte, monstres que seule la présence rassurante et prolongée de sa mère pouvait mettre en fuite soir après soir.

Affaiblis, les échos de la fête dont il était exclu lui parvenaient par vagues, et ses pleurs se mirent à couler lorsqu'il crut entendre le rire de sa mère, détaché des autres, comme un ironique rappel du plaisir qu'elle prenait en compagnie d'autres personnes, loin de lui. À la colère se substitua alors chez Valentin un sentiment d'impuissance et d'abandon qui lui coupa le souffle.

« Ma-man », hoquetait-il, quand, brusquement, le cadre de sa fenêtre scintilla de mille feux. Apparut soudain un jeune homme enveloppé d'une pelisse doublée de soie rose. Il lui passa sous le nez un flacon débouché, avant de retourner s'asseoir sur son perchoir improvisé.

– Le parfum de Combray… murmura-t-il. Pour te consoler. Où sont tes amies ?

– Mes cousines, tu veux dire ? renifla le petit garçon. Elles m'ont prévenu que tu risquais de me rendre visite…

Le petit Marcel lui sourit en le fixant de ses grands yeux bruns.

– Elles m'ont dit aussi que tu étais comme les hiboux parce que tu sors la nuit et que tu dors le jour…

– Ce n'est pas faux, admit-il. C'est une bonne comparaison. Je note.

Et il sortit de sa poche un carnet en moleskine et un crayon à papier.

– Où sont-elles ?

– Elles sont rentrées à Paris avant-hier…

Valentin, surpris de voir arriver ainsi le visiteur nocturne dont Alix et Clarisse lui avaient parlé avec des airs de conspiratrices, avait cessé de pleurer.

– Je voulais partager avec elles deux ou trois idées, annonça l'étrange apparition.

– Tu peux me les dire. Je sais écrire, dit fièrement Valentin. Je leur enverrai un e-mail demain matin.

Le petit Marcel ne parut pas comprendre le mot, suçota l'extrémité de son crayon et expliqua :

– Voilà, il y a eu un malentendu la dernière fois que je les ai vues au Grand Hôtel de Cabourg. Elles ont cru que j'écrivais un livre pour les grandes personnes, or…

– Il s'appelle comment ton livre ? interrompit Valentin, intrigué et oubliant son chagrin.

– Je ne sais pas encore. J'hésite, avoua son bizarre interlocuteur.

– Mais ça va être impossible de l'acheter si on n'a pas de titre ! s'enflamma Valentin. Comment veux-tu qu'on fasse ?

– Je n'ai pas de titre définitif mais il y aura le nom de Monsieur Swann quelque part, affirma-t-il. S W A N N.

Le petit garçon haussa les épaules.

– Elles le connaissent, mes cousines, ce Swann ?

– Je leur ai raconté un peu de son histoire. Pas assez peut-être, reconnut Marcel à mi-voix.

– Ça ne va pas être facile, mais je ferai la commission, se résigna Valentin.

– Donc, dis-leur que je n'écris pas un livre pour les grandes personnes, reprit-il, mais pour que les grandes personnes se souviennent de comment elles étaient quand elles étaient petites, tu comprends ?

– Pas vraiment, dit avec franchise Valentin.

– Prenons une métaphore, suggéra le curieux jeune homme.

– Une méta… quoi ? Tu aimes les grands mots, toi, lui fut-il reproché.

– Une image, si tu veux, s'empressa-t-il de corriger. Donc mon livre serait peut-être comme une sorte d'instrument optique…

– Je déteste les lunettes, affirma avec force Valentin.

– Un microscope alors ? proposa l'autre.

Une moue de désapprobation fut la seule réponse.

– Non ? Tu as raison. On va m'appeler fouilleur de détails… Un télescope peut-être ?

Le petit garçon battit des mains.

– Oui ! oui ! comme pour voir les étoiles ! acquiesça-t-il.

– Sauf que ce sera pour regarder les constellations à l'intérieur de soi, murmura Marcel entre ses dents. Donc, plutôt comme une sorte de kaléidoscope… Tu sais ce que c'est ? lui demanda-t-il en voyant les paupières de l'enfant se fermer peu à peu.

– Non, et j'ai sommeil, admit celui-ci, craignant que son visiteur ne se lance dans un déluge de paroles incompréhensibles à la manière des grandes personnes dont il prétendait ne pas être.

– Je vais bientôt partir, l'assura-t-il. Mais dans ta lettre…

– E-mail, corrigea Valentin.

Le petit Marcel ignora l'interruption.

– … transmets à Clarisse et Alix deux secrets : le premier, c'est qu'elles seront dans mon livre comme des déesses déguisées.

– Pas des princesses, tu es sûr ? Elles adorent jouer aux princesses, dit Valentin sur un ton de léger mépris.

– Non, pas des princesses, des déesses. Parce qu'elles sont immortelles. Tu n'oublieras pas ?

– Je n'oublierai pas, je te promets.

– Et dis-leur, c'est très important, que Swann c'est moi. De temps en temps.

– Tu crois qu'elles comprendront ? Parce que moi…

– Plus tard, affirma-t-il, catégorique, vous comprendrez tout plus tard.

– C'est ce que toutes les grandes personnes perdent leur temps à nous rabâcher, lui fit remarquer Valentin un peu déçu.

– Oui, je sais… Mais moi je suis comme toi, pas comme elles. Tu verras quand tu liras mon livre.

– Bon, d'accord, si tu le dis… Mais quand même, si on n'a pas de titre…

– Je crois que je l'ai trouvé, lui confia le petit Marcel avec un sourire traduisant une joie intense. Grâce à toi et à tes cousines. Merci.

Il se leva d'un bond, effleura de ses lèvres la joue fraîche de Valentin, reboucha le flacon de parfum, rempocha son carnet et sembla se dissoudre dans l'air bleuté, fluviatile et odorant de la chambre à coucher.

Apaisé, le petit garçon glissa comme par magie dans le sommeil profond des beaux rêves.

Le lendemain matin, Valentin ne pipa mot de son aventure nocturne à quiconque. Après le petit déjeuner, il se réfugia dans le petit salon de Tante Élisabeth où ne retentissaient que le tic-tac régulier de la pendule et les craquements joyeux des bûches qui brûlaient dans la cheminée. Quand il alluma son ordinateur, en lettres dorées, six mots flashèrent devant ses yeux : *À la recherche du temps perdu*, par Marcel Proust. Et immédiatement après : tome I, *Du côté de chez Swann*.

Il poussa un petit cri. Il allait pouvoir annoncer à Clarisse et Alix que le petit Marcel avait enfin trouvé le titre de son grand livre et qu'elles pourraient donc le lire – plus tard.

À
la recherche
du
temps perdu

À suivre…

CET OUVRAGE
A ÉTÉ ACHEVÉ D'IMPRIMER
PAR L'IMPRIMERIE LONDON
À PARIS EN SEPTEMBRE 2014

N° d'éd. 278. N° d'impr. 87069
D.L. novembre 2014
*(Imprimé en France)*